Die Verfassung

des

Norddeutschen Bundes,

wie sie aus der Schlußberathung
des Reichstages am 16. April 1867 hervorgegangen,

mit dem Entwurfe
unter Angabe der betreffenden Amendements

zusammengestellt von

Dr. Gustav Stockmann.

Nebst einem Anhange

enthaltend:

Das provisorische Reichswahlgesetz vom 15. Oct. 1866.
Die Erläuterungen zur Wehrverfassung des Norddeutschen Bundes.
Die Bündniß-Verträge zwischen Preußen und den
süddeutschen Staaten.

Leipzig 1867.

Reichenbach'sche Buchhandlung
(Westermann & Staeglich.)

Zur Notiz.

Die vom Reichstage beschlossenen Abänderungen sind mit gesperrter Schrift gedruckt.

Norddeutscher Bund Verfassung

Die Verfassung des Norddeutschen Bundes, wie sie aus der Schlussberathung des Reichstages am 16. April 1867 hervorgegangen

Antigonos

Norddeutscher Bund Verfassung

Die Verfassung des Norddeutschen Bundes, wie sie aus der Schlussberathung des Reichstages am 16. April 1867 hervorgegangen

Unveränderter Nachdruck der Originalausgabe von 1867.

1. Auflage 2024 | ISBN: 978-3-38636-818-6

Antigonos Verlag ist ein Imprint der Outlook Verlagsgesellschaft mbH.

Verlag: Outlook Verlag GmbH, Zeilweg 44, 60439 Frankfurt, Deutschland, info@outlook-verlag.de
Vertretungsberechtigt: E. Roepke, Zeilweg 44, 60439 Frankfurt, Deutschland
Druck: Libri Plureos GmbH, Friedensallee 273, 22763 Hamburg, Deutschland

Die Verfassung des Norddeutschen Bundes.

Se. Majestät der König von Preußen, Se. Majestät der König von Sachsen, Se. Königliche Hoheit der Großherzog von Mecklenburg-Schwerin, Se. Königliche Hoheit der Großherzog von Sachsen-Weimar-Eisenach, Se. Königliche Hoheit der Großherzog von Mecklenburg-Strelitz, Se. Königliche Hoheit der Großherzog von Oldenburg, Se. Hoheit der Herzog von Braunschweig und Lüneburg, Se. Hoheit der Herzog von Sachsen-Meiningen und Hildburghausen, Se. Hoheit der Herzog zu Sachsen-Altenburg, Se. Hoheit der Herzog zu Sachsen-Coburg und Gotha, Se. Hoheit der Herzog von Anhalt, Se. Durchlaucht der Fürst zu Schwarzburg-Rudolstadt, Se. Durchlaucht der Fürst zu Schwarzburg-Sondershausen, Se. Durchlaucht der Fürst zu Waldeck und Pyrmont, Ihre Durchlaucht die Fürstin Reuß älterer Linie, Se. Durchlaucht der Fürst Reuß jüngerer Linie, Se. Durchlaucht der Fürst von Schaumburg-Lippe, Se. Durchlaucht der Fürst zur Lippe, der Senat der freien und Hansestadt Lübeck, der Senat der freien und Hansestadt Bremen, der Senat der freien und Hansestadt Hamburg, jeder für den gesammten Umfang ihres Staatsgebiets, und Se. Königliche Hoheit der Großherzog von Hessen und bei Rhein, für die nördlich vom Main belegenen Theile des Großherzogthums Hessen, schließen einen ewigen Bund zum Schutze des Bundesgebietes und des innerhalb desselben gültigen Rechtes, so wie zur Pflege der Wohlfahrt des deutschen Volkes. Dieser Bund wird den Namen des Norddeutschen führen und wird nachstehende Verfassung haben:

Der Entwurf.

I. Bundesgebiet.

Art. 1. Das Bundesgebiet besteht aus den Staaten Preußen mit Lauenburg, Sachsen, Mecklenburg-Schwerin, Sachsen-Weimar, Mecklenburg-Strelitz, Oldenburg, Braunschweig, Sachsen-Meiningen, Sachsen-Altenburg, Sachsen-Coburg-Gotha, Anhalt, Schwarzburg-Rudolstadt, Schwarzburg-Sondershausen, Waldeck, Reuß älterer Linie, Reuß jüngerer Linie, Schaumburg-Lippe, Lippe, Lübeck, Bremen, Hamburg und aus den nördlich vom Main belegenen Theilen des Großherzogthums Hessen.

II. Bundesgesetzgebung.

Art. 2. Innerhalb dieses Bundesgebiets übt der Bund das Recht der Gesetzgebung nach Maßgabe des Inhalts dieser Verfassung und mit der Wirkung aus, daß die Bundesgesetze den Landesgesetzen vorgehen. Die Bundesgesetze erhalten ihre verbindliche Kraft durch ihre Verkündigung von Bundes wegen, welche vermittelst eines Bundesgesetzblattes geschieht. Sofern nicht in dem publicirten Gesetze ein anderer Anfangstermin seiner verbindlichen Kraft bestimmt ist, beginnt die letztere mit dem vierzehnten Tage nach de

---

Die angenommene Verfassung.

I. Bundesgebiet.

Art. 1. Gleichlautend mit dem Entwurf.

II. Bundesgesetzgebung.

Art. 2. Gleichlautend.

Der Entwurf.

Ablaufe desjenigen Tages, an welchem das betreffende Stück des Bundesgesetzblattes in Berlin ausgegeben worden ist.

Art. 3. Für den ganzen Umfang des Bundesgebiets besteht ein gemeinsames Indigenat mit der Wirkung, daß der Angehörige (Unterthan, Staatsbürger) eines jeden Bundesstaates in jedem anderen Bundesstaate als Inländer zu behandeln und demgemäß zum festen Wohnsitz, zum Gewerbebetrieb, zu öffentlichen Aemtern, zur Erwerbung von Grundstücken, zur Erlangung des Staatsbürgerrechts und zum Genusse aller sonstigen bürgerlichen Rechte unter denselben Voraussetzungen wie der Einheimische zuzulassen, auch in Betreff der Rechtsverfolgung und des Rechtsschutzes demselben gleich zu behandeln ist. In der Ausübung dieser Befugniß darf der Bundesangehörige weder durch die Obrigkeit seiner Heimath, noch durch die Obrigkeit eines anderen Bundesstaates beschränkt werden. Diejenigen Bestimmungen, welche die Armenversorgung und die Aufnahme in den localen Gemeindeverband betreffen, werden durch den im ersten Absatz ausgesprochenen Grundsatz nicht berührt. Ebenso bleiben bis auf Weiteres die Verträge in Kraft, welche zwischen den einzelnen Bundesstaaten in Beziehung auf die Uebernahme von Auszuweisenden, die Verpflegung erkrankter und die Beerdigung verstorbener Staatsangehörigen bestehen. Hinsichtlich der Erfüllung der Militärpflicht im Verhältniß zu dem Heimathslande wird im Wege der Gesetzgebung das Nöthige geordnet werden. Dem Auslande gegenüber haben alle Bundesangehörigen gleichmäßig Anspruch auf den Bundesschutz.

Art. 4. Der Beaufsichtigung Seitens des Bundes und der Gesetzgebung desselben unterliegen die nachstehenden Angelegenheiten: 1) die Bestimmungen über Freizügigkeit, Heimaths- und Nieder-

---

Die angenommene Verfassung.

Art. 3. Gleichlautend.

Art. 4. Der Beaufsichtigung Seitens des Bundes und der Gesetzgebung desselben unterliegen die nachstehenden Angelegenheiten: 1) die Bestimmungen über Freizügigkeit, Heimaths- und Niederlassungsverhältnisse, Staatsbürgerrecht*), Paßwesen und

---

*) Staatsbürgerrecht, Amendement von Hammerstein.

Der Entwurf.

faſſungs-Verhältniſſe und über den Gewerbebetrieb, einſchließlich des Verſicherungsweſens, ſo weit dieſe Gegenſtände nicht ſchon durch den Artikel 3. dieſer Verfaſſung erledigt ſind, desgleichen über die Coloniſation und die Auswanderung nach außerdeutſchen Ländern; 2) die Zoll- und Handelsgeſetzgebung und die für Bundeszwecke zu verwendenden indirecten Steuern; 3) die Ordnung des Maß-, Münz- und Gewichtsſyſtems, nebſt Feſtſtellung der Grundſätze über die Emiſſion von fundirtem und unfundirtem Papiergelde; 4) die allgemeinen Beſtimmungen über das Bankweſen; 5) die Erfindungs-Patente; 6) der Schutz des geiſtigen Eigenthums; 7) Organiſation eines gemeinſamen Schutzes des deutſchen Handels im Auslande, der deutſchen Schifffahrt und ihrer Flagge zur See und Anordnung gemeinſamer conſulariſcher Vertretung, welche vom Bunde ausgeſtattet wird; 8) das Eiſenbahnweſen im Intereſſe der Landesvertheidigung

---

Die angenommene Verfaſſung.

Fremden-Polizei*) und über den Gewerbebetrieb, einſchließlich des Verſicherungsweſens, ſo weit dieſe Gegenſtände nicht ſchon durch den Artikel 3. dieſer Verfaſſung erledigt ſind, desgleichen über die Coloniſation und die Auswanderung nach außerdeutſchen Ländern; 2) die Zoll- und Handelsgeſetzgebung und die für Bundeszwecke zu verwendenden Steuern**); 3) die Ordnung des Maß-, Münz- und Gewichtsſyſtems, nebſt Feſtſtellung der Grundſätze über Emiſſion von fundirtem und unfundirtem Papiergelde; 4) die allgemeinen Beſtimmungen über das Bankweſen; 5) die Erfindungs-Patente; 6) der Schutz des geiſtigen Eigenthums; 7) Organiſation eines gemeinſamen Schutzes des deutſchen Handels im Auslande, der deutſchen Schifffahrt und ihrer Flagge zur See und Anordnung gemeinſamer conſulariſche Vertretung, welche vom Bunde ausgeſtattet wird; 8) das Eiſenbahnweſen und die Herſtellung von Land- und Waſſerſtraßen***) im Intereſſe der Landesvertheidigung und

---

*) Paßweſen und Fremden-Polizei, Amendement **Michaelis** (Ueckermünde.)

) Das Wort „indirecten" des Entwurfs iſt geſtrichen, Amendement **Baumſtark und **Braun** (Wiesbaden).

***) und die Herſtellung von Land- und Waſſerſtraßen, Amendement **Graf zu Eulenburg.**

Der Entwurf.

unb beß allgemeinen Berkehrs; 9) der Schifffahrtsbetrieb auf den mehren Staaten gemeinsamen Wasserstraßen und der Zustand der letzteren, so wie die Fluß- und sonstigen Wasserzölle; 10) das Post- und Telegraphenwesen; 11) Bestimmungen über die wechselseitige Vollstreckung von Erkenntnissen und Erledigung von Requisitionen überhaupt; 12) so wie über die Beglaubigung von öffentlichen Urkunden; 13) die gemeinsame Civil-Proceßordnung und das gemeinsame Concursverfahren, Wechsel- und Handelsrecht.

Art. 5. Die Bundesgesetzgebung wird ausgeübt durch den Bundesrath und den Reichstag. Die Uebereinstimmung der Mehr-

---

Die angenommene Verfassung.

des allgemeinen Verkehrs; 9) der Flößerei- und*) Schifffahrts-betrieb auf den mehren Staaten gemeinsamen Wasserstraßen und der Zustand der letzteren, sowie die Fluß- und sonstigen Wasserzölle; 10) das Post- und Telegraphenwesen; 11) Bestimmungen über die wechselseitige Vollstreckung von Erkenntnissen und Erledigung von Requisitionen überhaupt, 12) so wie über die Beglaubigung von öffentlichen Urkunden; 13) die gemeinsame Gesetzgebung über das Obligationsrecht, Strafrecht, Handels- und Wechselrecht und das gerichtliche Verfahren**); 14) das Militärwesen des Bundes und die Kriegsmarine***); 15) Maßregeln der Medicinal- und Veterinärpolizei†).

Art. 5. Die Bundesgesetzgebung wird ausgeübt durch den Bundesrath und den Reichstag. Die Uebereinstimmung der Mehrheits-Beschlüsse beider Versammlungen ist zu einem Bundesgesetze erforderlich und ausreichend. Bei Gesetzesvorschlägen über das Militärwesen und die Kriegsmarine giebt, wenn im Bundesrathe eine Meinungsverschiedenheit stattfindet, die Stimme des Präsidiums den Ausschlag, wenn sie sich für die Aufrechthaltung der bestehenden Einrichtungen ausspricht ††).

---

*) Flößerei- uud, Amendement Baumstark. — **) Amendt. Lasker.
***) Amendt. Tweften. — †) Amendement Graf Schwerin.
††) Bei Gesetzesvorschlägen über das Militärwesen ꝛc., Amendement Tweften.

Der Entwurf.

heits-Beschlüsse beider Versammlungen ist zu einem Bundesgesetze erforderlich und ausreichend.

III. Bundesrath.

Art. 6. Der Bundesrath besteht aus den Vertretern der Mitglieder des Bundes, unter welchen die Stimmführung sich nach Maßgabe der Vorschriften für das Plenum des ehemaligen deutschen Bundes vertheilt, so daß Preußen mit den ehemaligen Stimmen von Hannover, Kurhessen, Holstein, Nassau und Frankfurt 17 Stimmen führt,

Sachsen	4	Schwarzburg-Rudolstadt	1
Hessen	1	Schwarzburg-Sondershausen	1
Mecklenburg-Schwerin	2	Waldeck	1
Sachsen-Weimar	1	Reuß ä. L.	1
Mecklenburg-Strelitz	1	Reuß j. L.	1
Oldenburg	1	Schaumburg-Lippe	1
Braunschweig	2	Lippe	1
Sachsen-Meiningen	1	Lübeck	1
Sachsen-Altenburg	1	Bremen	1
Sachsen-Coburg-Gotha	1	Hamburg	1
Anhalt	1		Summa 43

Art. 7. Jedes Mitglied des Bundes kann so viel Bevollmächtigte zum Bundesrathe ernennen, wie es Stimmen hat, doch kann die Gesammtheit der zuständigen Stimmen nur einheitlich abgegeben

---

Die angenommene Verfassung.

III. Bundesrath.

Art. 6. Gleichlautend.

Art. 7. Jedes Mitglied des Bundes kann so viel Bevollmächtigte zum Bundesrathe ernennen, wie es Stimmen hat, doch kann die Gesammtheit der zuständigen Stimmen nur einheitlich abgegeben werden. Nicht vertretene oder nicht instruirte Stimmen werden nicht gezählt. Jedes Bundesglied ist befugt, Vorschläge zu machen und in Vorschlag zu bringen, und das Präsidium ist verpflichtet, dieselben der Berathung zu übergeben. Die Beschlußfassung erfolgt mit

Der Entwurf.

werden. Nicht vertretene oder nicht instruirte Stimmen werden nicht gezählt. Jedes Bundesglied ist befugt, Vorschläge zu machen und in Vortrag zu bringen, und das Präsidium ist verpflichtet, dieselben der Berathung zu übergeben. Die Beschlußfassung erfolgt mit einfacher Mehrheit, mit Ausnahme von Beschlüssen über Verfassungs-Veränderungen, welche zwei Drittel der Stimmen erfordern. Bei Stimmengleichheit giebt die Präsidialstimme den Ausschlag.

Art. 8. Der Bundesrath bildet aus seiner Mitte dauernde Ausschüsse 1) für das Landheer und die Festungen, 2) für das See-wesen, 3) für Zoll- und Steuerwesen, 4) für Handel und Verkehr, 5) für Eisenbahnen, Post und Telegraphen, 6) für Justizwesen. 7) für Rechnungswesen. In jedem dieser Ausschüsse werden außer dem Präsidium mindestens zwei Bundesstaaten vertreten sein, und führt innerhalb derselben jeder Staat nur eine Stimme. Die Mitglieder der Ausschüsse zu 1. und 2. werden von dem Bundesfeld-herrn ernannt, die der übrigen von dem Bundesrathe gewählt. Die Zusammensetzung dieser Ausschüsse ist für jede Session des Bundes-rathes, resp. mit jedem Jahr zu erneuern, wobei die ausscheidenden Mitglieder wieder wählbar sind. Den Ausschüssen werden die zu ihren Arbeiten nöthigen Beamten zur Verfügung gestellt.

Art. 9. Jedes Mitglied des Bundesrathes hat das Recht, im Reichstage zu erscheinen, und muß daselbst auf Verlangen jeder Zeit gehört werden, um die Ansichten seiner Regierung zu vertreten, auch dann, wenn dieselben von der Majorität des Bundesrathes nicht adoptirt worden sind. Niemand kann gleichzeitig Mitglied des Bundesrathes und des Reichstages sein.

Die angenommene Verfassung.

einfacher Mehrheit. Bei Stimmengleichheit giebt die Präsidialstimme den Ausschlag*).

Art. 8. Gleichlautend.

Art. 9. Gleichlautend.

---

*) Die Worte „mit Ausnahme" bis „erfordern" des Entwurfs sind gestrichen und dafür als besonderer Artikel, an den Schluß der Verfassung zu setzen, angenommen: Art. —. Veränderungen der Verfassung erfolgen im Wege der Ge-setzgebung, jedoch ist zu denselben im Bundesrathe eine Mehrheit von zwei Dritteln der vertretenen Stimmen erforderlich. Amende-ment Lasker.

Der Entwurf.

Art. 10. Dem Bundes-Präsidium liegt es ob, den Mitgliedern des Bundesrathes den üblichen diplomatischen Schutz zu gewähren.

IV. Bundes-Präsidium.

Art. 11. Das Präsidium des Bundes steht der Krone Preußen zu, welche in Ausübung desselben den Bund völkerrechtlich zu vertreten, im Namen des Bundes Krieg zu erklären und Frieden zu schließen, Bündnisse und andere Verträge mit fremden Staaten einzugehen, Gesandte zu beglaubigen und zu empfangen berechtigt ist. In so weit die Verträge mit fremden Staaten sich auf solche Gegenstände beziehen, welche nach Art. 4. in den Bereich der Bundesgesetzgebung gehören, ist zu ihrem Abschluß die Zustimmung des Bundesrathes erforderlich.

Art. 12. Das Präsidium ernennt den Bundeskanzler, welcher im Bundesrathe den Vorsitz führt und die Geschäfte leitet.

Art. 13. Dem Präsidium steht es zu, den Bundesrath und den Reichstag zu berufen, zu eröffnen, zu vertagen und zu schließen.

Die angenommene Verfassung.

Art. 10. Gleichlautend.

IV. Bundes-Präsidium.

Art. 11. Das Präsidium des Bundes steht der Krone Preußen zu, welche in Ausübung desselben den Bund völkerrechtlich zu vertreten, im Namen des Bundes Krieg zu erklären und Frieden zu schließen, Bündnisse und andere Verträge mit fremden Staaten einzugehen, Gesandte zu beglaubigen und zu empfangen berechtigt ist. In so weit die Verträge mit fremden Staaten sich auf solche Gegenstände beziehen, welche nach Art. 4. in den Bereich der Bundesgesetzgebung gehören, ist zu ihrem Abschluß die Zustimmung des Bundesrathes und zu ihrer Gültigkeit die Genehmigung des Reichstags*) erforderlich.

(Art. 12 des Entwurfs ist gestrichen.)

Art. 12. Gleichlautend mit Art. 13. des Entwurfs.

Art. 13. Gleichlautend mit Art. 14. des Entwurfs.

---

*) und zu ihrer Gültigkeit die Genehmigung des Reichstags, Amendement Lette.

Der Entwurf.

Art. 14. Die Berufung des Bundestages und des Reichstages findet alljährlich Statt, und kann der Bundesrath zur Vorbereitung der Arbeiten ohne den Reichstag, letzterer aber nicht ohne den Bundesrath berufen werden.

Art. 15. Die Berufung des Bundesrathes muß erfolgen, sobald sie von einem Drittel der Stimmenzahl verlangt wird.

Art. 16. Der Bundeskanzler kann sich in Leitung der Geschäfte durch jedes andere Mitglied des Bundesrathes vermöge schriftlicher Substitution vertreten lassen.

Art. 17. Das Präsidium hat die erforderlichen Vorlagen nach Maßgabe der Beschlüsse des Bundesrathes an den Reichstag zu bringen, wo sie durch Mitglieder des Bundesrathes oder durch besondere von letzterem zu ernennende Commissarien vertreten werden.

Art. 18. Dem Präsidium steht die Ausfertigung und Verkündigung der Bundesgesetze und die Ueberwachung der Ausführung derselben zu. Die hiernach von dem Präsidium ausgehenden Anordnungen werden im Namen des Bundes erlassen und von dem Bundeskanzler mitunterzeichnet.

Die angenommene Verfassung.

Art. 14. Gleichlautend mit Art. 15. des Entwurfs.

Art. 15. Der Vorsitz im Bundesrathe und die Leitung der Geschäfte steht dem Bundeskanzler zu, welcher vom Präsidium zu ernennen ist*). Derselbe kann sich durch jedes andere Mitglied des Bundesraths vermöge schriftlicher Substitution vertreten lassen.

Art. 16. Gleichlautend mit Art. 17. des Entwurfs.

Art. 17. Dem Präsidium steht die Ausfertigung und Verkündigung der Bundesgesetze und die Ueberwachung der Ausführung derselben zu**).

---

*) Der Vorsitz im Bundesrathe und die Leitung der Geschäfte steht dem Bundeskanzler zu, welcher vom Präsidium zu ernennen ist. Amdt. Graf Bethusy-Huc (an Stelle des gestrichenen Art. 12. des Entwurfs.)

**) Alinea 2. des Art. 18. des Entwurfs „Die hiernach" bis „mit unterzeichnet" ist gestrichen und dafür ein Zusatz, welcher die Verantwortlichkeit des Bundeskanzlers ausspricht, zum nächsten Art. aufgenommen worden. Amendement von Benningsen.

Der Entwurf.

Art. 19. Das Präsidium ernennt die Bundesbeamten, hat dieselben für den Bund zu vereidigen und erforderlichen Falles ihre Entlassung zu verfügen.

Art. 20. Wenn Bundesglieder ihre verfassungsmäßigen Bundespflichten nicht erfüllen, so können sie dazu im Wege der Execution angehalten werden. Diese Execution ist a) in Betreff militärischer Leistungeu, wenn Gefahr im Verzuge, von dem Bundesfeldherrn anzuordnen und zu vollziehen, b) in allen anderen Fällen aber von dem Bundesrathe zu beschließen und von dem Bundesfeldherrn zu vollstrecken. Die Execution kann bis zur Sequestration des betreffenden Landes und seiner Regierungsgewalt ausgedehnt werden. In den unter a. bezeichneten Fällen ist dem Bundesrathe von Anordnung der Execution, unter Darlegung der Beweggründe ungesäumt Kenntniß zu geben.

V. Reichstag.

Art. 21. Der Reichstag geht aus allgemeinen und directen Wahlen hervor, welche bis zum Erlasse eines Reichswahlgesetzes nach Maßgabe des Gesetzes zu erfolgen haben, auf Grund dessen der erste

---

Die angenommene Verfassung.

Art. 18. Das Präsidium ernennt die Bundesbeamten, hat dieselben für den Bund zu vereidigen und erforderlichen Falles ihre Entlassung zu verfügen. Die Anordnungen und Verfügungen des Bundes-Präsidii werden im Namen des Bundes erlassen und bedürfen zu ihrer Gültigkeit der Gegenzeichnung des Bundeskanzlers, welcher dadurch die Verantwortlichkeit übernimmt*).

Art. 19. Gleichlautend.

V. Reichstag.

Art. 20. Der Reichstag geht aus allgemeinen und directen Wahlen mit geheimer Abstimmung**) hervor, welche bis zum Erlasse eines Reichswahlgesetzes nach Maßgabe des Gesetzes zu erfolgen haben, auf Grund dessen der erste Reichstag des Norddeutschen Bundes gewählt worden ist.

---

*) Die Anordnungen 2c. anstatt des gestrichenen Alinea 2, des Art. 18. des Entwurfs. Amendement von Benningsen.
**) mit geheimer Abstimmung, Amendmt. Fries.

Der Entwurf.

Reichstag des Norddeutschen Bundes gewählt worden ist. Beamte im Dienste eines der Bundesstaaten sind nicht wählbar.

Art. 22. Die Verhandlungen des Reichstages sind öffentlich.

Art. 23. Der Reichstag hat das Recht, Gesetze innerhalb der Competenz des Bundes vorzuschlagen.

Art. 24. Die Legislatur-Periode des Reichstages dauert drei Jahre. Zur Auflösung des Reichstages während derselben ist ein Beschluß des Bundesrathes unter Zustimmung des Präsidiums erforderlich.

Die angenommene Verfassung.

Art. 21. Beamte bedürfen keines Urlaubs zum Eintritt in den Reichstag. Wenn ein Mitglied des Reichstags in dem Bunde oder einem Bundesstaate ein besoldetes Staatsamt annimmt oder im Bundes- oder Staatsdienste in ein Amt eintritt, mit welchem ein höherer Rang oder ein höheres Gehalt verbunden ist, so verliert es Sitz und Stimme in dem Reichstag und kann seine Stelle in demselben nur durch eine neue Wahl wieder erlangen.*)

Art. 22. Die Verhandlungen des Reichstags sind öffentlich. Wahrheitsgetreue Berichte über Verhandlungen in den öffentlichen Sitzungen des Reichstags bleiben von jeder Verantwortlichkeit frei.**)

Art. 23. Der Reichstag hat das Recht, innerhalb der Competenz des Bundes Gesetze vorzuschlagen und an ihn gerichtete Petitionen dem Bundesrathe, resp. Bundeskanzler zu überweisen.***)

Art. 24. Gleichlautend.

Art. 25. Im Falle der Auflösung des Reichstags müssen innerhalb eines Zeitraums von 60 Tagen nach

---

*) Der Schlußsatz des Art. 21. des Entwurfs, welcher die Beamten von der Wählbarkeit ausschloß, ist gestrichen und dafür ein neuer Artikel, welcher die Wählbarkeit der Beamten und das Nichterforderniß eines Urlaubs ausspricht, aufgenommen worden. Amendement Graf Henckel von Donnersmark und von Unruh.

**) Wahrheitsgetreue Berichte ꝛc., Amendement Lasker.

***) Amendement Bonnstark.

Der Entwurf.

Art. 25. Der Reichstag prüft die Legitimation seiner Mitglieder und entscheidet darüber. Er regelt seinen Geschäftsgang und seine Disciplin durch eine Geschäftsordnung und erwählt seinen Präsidenten, seinen Vice-Präsidenten und Schriftführer.

Art. 26. Der Reichstag beschließt nach absoluter Stimmenmehrheit. Zur Gültigkeit der Beschlußfassung ist die Anwesenheit der Mehrheit der Mitglieder erforderlich.

Art. 27. Die Mitglieder des Reichstags sind Vertreter des gesammten Volkes und an Aufträge und Instructionen nicht gebunden.

— Art. 28. Kein Mitglied des Reichstages darf zu irgend einer Zeit wegen seiner Abstimmung oder wegen der in Ausübung seines

---

Die angenommene Verfassung.

derselben die Wähler und innerhalb eines Zeitraumes von 90 Tagen nach der Auflösung der Reichstag versammelt werden.*)

Art. 26. Ohne Zustimmung des Reichstages darf die Vertagung desselben die Frist von 30 Tagen nicht übersteigen und während derselben Session nicht wiederholt werden.*)

Art. 27. Gleichlautend mit Art. 25. des Entwurfs.

Art. 28. Der Reichstag beschließt nach absoluter Stimmenmehrheit. Zur Gültigkeit der Beschlußfassung ist die Anwesenheit der Mehrheit der gesetzlichen Anzahl**) der Mitglieder erforderlich.

Art. 29. Gleichlautend mit Art. 27. des Entwurfs.

Art. 30. Gleichlautend mit Art. 28. des Entwurfs.

Art. 31. Ohne Genehmigung des Reichstages kann kein Mitglied desselben während der Sitzungsperiode wegen einer mit Strafe bedrohten Handlung zur Untersuchung gezogen oder verhaftet werden, außer wenn es bei Ausübung der That oder im Laufe des nächstfolgenden Tages ergriffen wird. Gleiche Genehmigung ist bei einer Verhaftung wegen Schulden erforderlich. Auf

---

*) Art. 25. und 26. sind neu. Amendement von Unruh.
**) der gesetzlichen Anzahl, Amendement Parnier.

Der Entwurf.

Berufes gethanen Aeußerungen gerichtlich oder disciplinarisch verfolgt oder sonst außerhalb der Versammlung zur Verantwortung gezogen werden.

Art. 29. Die Mitglieder des Reichstagen dürfen als solche keine Besoldung oder Entschädigung beziehen.

VI. Zoll- und Handelswesen.

Art. 30. Der Bund bildet ein Zoll- und Handelsgebiet, umgeben von gemeinschaftlicher Zollgrenze. Ausgeschlossen bleiben die wegen ihrer Lage zur Einschließung in die Zollgrenze nicht geeigneten einzelnen Gebietstheile. Alle Gegenstände, welche im freien Verkehre eines Bundesstaates befindlich sind, können in jeden anderen Bundesstaat eingeführt und dürfen in letzterem einer Abgabe nur in so weit unterworfen werden, als daselbst gleichartige inländische Erzeugnisse einer inneren Steuer unterliegen.

Art. 31. Die Hansestädte Lübeck, Bremen und Hamburg mit einem dem Zwecke entsprechenden Bezirke ihres oder des umliegenden Gebietes bleiben als Freihäfen außerhalb der gemeinschaftlichen Zollgrenze, bis sie ihren Einschluß in dieselbe beantragen.

Die angenommene Verfassung.

Verlangen des Reichstags wird jedes Strafverfahren gegen ein Mitglied desselben und jede Untersuchungs- oder Civilhaft für die Dauer der Sitzungs-Periode aufgehoben.*)

Art. 32. Gleichlautend mit Art. 29. des Entwurfs.**)

VI. Zoll- und Handelswesen.

Art. 33. Gleichlautend mit Art. 30. des Entwurfs.

Art. 34. Gleichlautend mit Art. 31. des Entwurfs.

---

*) Art. 31. ist neu, Amendement Lette.

**) Wiederherstellung der Regierungsvorlage in der Schlußberathung, Amendement von Arnim-Heinrichsdorf, nachdem in der Vorberathung ein Amendement von Thünen und Weber angenommen worden war, lautend: „Die Mitglieder des Reichstages erhalten aus der Bundeskasse Reisekosten und Diäten nach Maßgabe des Gesetzes. Bis zum Erlaß dieses Gesetzes stellt das Bundespräsidium die Höhe derselben fest. Ein Verzicht auf die Reisekosten und Diäten ist unstatthaft."

Der Entwurf.

Art. 32. Der Bund ausschließlich hat die Gesetzgebung über das gesammte Zollwesen, über die Besteuerung des Verbrauchs von einheimischem Zucker, Branntwein, Salz, Bier und Tabak, sowie über die Maßregeln, welche in den Zollausschlüssen zur Sicherung der gemeinschaftlichen Zollgrenze erforderlich sind.

Art. 33. Die Erhebung und Verwaltung der Zölle und Verbrauchssteuern (Art. 32.) bleibt jedem Bundesstaate, so weit derselbe sie bisher ausgeübt hat, innerhalb seines Gebietes überlassen. Das Bundes-Präsidium überwacht die Einhaltung des gesetzlichen Verfahrens durch Bundes-Beamte, welche es den Zoll- oder Steuer-Aemtern und den Directivbehörden der einzelnen Staaten, nach Vernehmung des Ausschusses des Bundesrathes für Zoll- und Steuerwesen, beiordnet.

Art. 34. Der Bundesrath beschließt 1) über die dem Reichstage vorzulegenden oder von demselben angenommenen unter die Bestimmung des Art. 32. fallenden gesetzlichen Anordnungen, einschließlich der Handels- und Schifffahrtsverträge; 2) über die zur Ausführung der gemeinschaftlichen Gesetzgebung (Art. 32.) dienenden Verwaltungsvorschriften und Einrichtungen; 3) über Mängel, welche bei der Ausführung der gemeinschaftlichen Gesetzgebung (Art. 32.) hervortreten; 4) über die von seiner Rechnungsbehörde ihm vorgelegte schließliche Feststellung der in die Bundeskasse fließenden Abgaben (Art. 36). Jeder über die Gegenstände zu 1 bis 3 von einem Bundesstaate oder über die Gegenstände zu 3 von einem controllirenden Beamten bei dem Bundesrath gestellte Antrag unterliegt der gemeinschaftlichen Beschlußnahme. Im Falle der Meinungsverschiedenheit giebt die Stimme des Präsidiums bei den zu 1 und 2 bezeichneten alsdann den Ausschlag, wenn sie sich für Aufrechthaltung der bestehenden Vorschrift oder Einrichtung ausspricht, in allen übrigen Fällen entscheidet die Mehr-

---

Die angenommene Verfassung.

Art. 35. Gleichlautend mit Art. 32. des Entwurfs.

Art. 36. Gleichlautend mit Art. 33. des Entwurfs.

Art. 37. Gleichlautend mit Art. 34. des Entwurfs (unter Hinweisung auf Art. 35, resp. 39 anstatt auf Art. 32, resp. 36.)

Der Entwurf.

heit der Stimmen nach dem in Art. 6. dieser Verfassung gestellten Stimmenverhältniß.

Art. 35. Der Ertrag der Zölle und der in Art. 32. bezeichneten Verbrauchsausgaben fließt in die Bundeskasse. Dieser Ertrag besteht aus der gesammten von den Zöllen und Verbrauchsabgaben aufgekommenen Einnahme nach Abzug 1) der auf Gesetzen oder allgemeinen Verwaltungsvorschriften beruhenden Steuervergütungen und Ermäßigungen, 2) der Erhebungs- und Verwaltungskosten, und zwar: a) bei den Zöllen und der Steuer von inländischem Zucker, so weit diese Kosten nach den Verabredungen unter den Mitgliedern des deutschen Zoll- und Handelsvereins der Gemeinschaft aufgerechnet werden konnten, b) bei den übrigen Steuern mit 15 Proc. der Gesammt-Einnahme. Die außerhalb der gemeinschaftlichen Zollgrenze liegenden Gebiete tragen zu den Bundes-Ausgaben durch Zahlung eines Aversums bei.

Die angenommene Verfassung.

Art. 38. Der Ertrag der Zölle und der in Art. 35 (*) bezeichneten Verbrauchsabgaben fließt in die Bundeskasse. Dieser Ertrag besteht aus der gesammten von den Zöllen und Verbrauchsabgaben aufgekommenen Einnahmen nach Abzug 1) der auf Gesetzen oder allgemeinen Verwaltungsvorschriften beruhenden Steuervergütungen und Ermäßigungen, 2) der Erhebungs- und Verwaltungskosten, und zwar: a) bei den Zöllen und der Steuer von inländischem Zucker, soweit diese Kosten nach den Verabredungen unter den Mitgliedern des deutschen Zoll- und Handelsvereins der Gemeinschaft aufgerechnet werden konnten, b) bei der Steuer von inländischem Salze, sobald solche, sowie ein Zoll von ausländischem Salze unter Aufhebung des Salzmonopols eingeführt sein wird, mit dem Betrage der auf Salzwerken erwachsenden Erhebungs- und Aufsichtskosten,*) c) bei den übrigen Steuern mit 15 Procent der Gesammt-Einnahme. Die außerhalb der gemeinschaftlichen Zollgrenze liegenden Gebiete tragen zu den Bundes-Ausgaben durch Zahlung eines Aversums bei.

(*) d. i. Art. 32 des Entwurf.
*) Amendement Michaelis (Uedermünde.)

Der Entwurf.

Art. 36. Die von den Erhebungsbehörden der Bundesstaaten nach Ablauf eines jeden Vierteljahres aufzustellenden Quartal-Extrakte und die nach dem Jahres- und Bücherschlusse aufzustellenden Final-Abschlüsse über die im Laufe des Vierteljahres, beziehungsweise während des Rechnungsjahres fällig gewordenen Einnahmen an Zöllen und Verbrauchsabgaben werden von den Directiv-Behörden der Bundesstaaten, nach vorangegangener Prüfung, in Hauptübersichten zusammengestellt und diese an den Ausschuß des Bundesrathes für das Rechnungswesen eingesandt. Der letztere stellt auf Grund dieser Ueberfichten von drei zu drei Monaten den von der Kasse jedes Bundesstaates der Bundeskasse schuldigen Betrag vorläufig fest und setzt von dieser Feststellung den Bundesrath und die Bundesstaaten in Kenntniß, legt auch alljährlich die schließliche Feststellung jener Beträge mit seinen Bemerkungen dem Bundesrathe zur Beschlußnahme vor.

Art. 37. Die Bestimmungen in dem Zoll-Vereinigungs-Vertrage vom 16. Mai 1865, in dem Vertrage über die gleiche Besteuerung innerer Erzeugnisse vom 28. Juni 1864, in dem Vertrage über den Verkehr mit Tabak und Wein von demselben Tage und im Art. 2. des Zoll- und Anschlußvertrages vom 11. Juli 1864, desgleichen in den Thüringischen Vereinsverträgen bleiben zwischen den bei diesen Verträgen betheiligten Bundesstaaten in Kraft, soweit sie nicht durch die Vorschriften der gegenwärtigen Verfassung abgeändert sind, und so lange sie nicht auf dem im Art. 34. vorgezeichneten Wege abgeändert werden. Mit diesen Beschränkungen finden die Bestimmungen des Zoll-Vereinigungsvertrages von 1865 auch auf diejenigen Bundesstaaten und Gebietstheile Anwendung, welche dem deutschen Zoll- und Handelsvereine zur Zeit nicht angehören.

VII. Eisenbahnwesen.

Art. 38. Eisenbahnen, welche im Interesse der Vertheidigung des Bundesgebietes oder im Interesse des gemeinsamen Verkehrs

---

Die angenommene Verfassung.

Art. 39. Gleichlautend mit Art. 36. des Entwurfs.
Art. 40. Gleichlautend mit Art. 37. des Entwurfs.

Der Entwurf.

für nothwendig erachtet werden, können Kraft eines Bundesgesetzes auch gegen den Widerspruch der Bundesglieder, deren Gebiet die Eisenbahnen durchschneiden, unbeschadet der Landeshoheitsrechte, für Rechnung des Bundes angelegt oder an Privat-Unternehmer zur Ausführung concessionirt werden. Jede bestehende Eisenbahn-Verwaltung ist verpflichtet, sich den Anschluß neu angelegter Eisenbahnen auf Kosten der letzteren gefallen zu lassen.

Art. 39. Die Bundesregierungen verpflichten sich, die im Bundesgebiete belegenen Eisenbahnen im Interesse des allgemeinen Verkehrs wie ein einheitliches Netz verwalten und zu diesem Behufe auch die neu herzustellenden Bahnen nach einheitlichen Normen anlegen und ausrüsten zu lassen.

Die angenommene Verfassung.

VII. Eisenbahnwesen.

Art. 41. Eisenbahnen, welche im Interesse der Vertheidigung des Bundesgebietes oder im Interesse der gemeinsamen Verkehrs für nothwendig erachtet werden, können Kraft eines Bundesgesetzes auch gegen den Widerspruch der Bundesglieder, deren Gebiet die Eisenbahnen durchschneiden, unbeschadet der Landeshoheitsrechte, für Rechnung des Bundes angelegt oder an Privat-Unternehmer zur Ausführung concessionirt und mit dem Expropriations-rechte ausgestattet*) werden. Jede betreffende Eisenbahn-Verwaltung ist verpflichtet, sich den Anschluß neu angelegter Eisenbahnen auf Kosten der letzteren gefallen zu lassen. Die gesetzlichen Bestimmungen, welche den bestehenden Eisenbahn-Unternehmungen ein Widerspruchsrecht gegen die Anlegung von Parallel- oder Konkurenzbahnen einräumen, werden, unbeschadet bereits erworbener Rechte, für das ganze Bundesgebiet hierdurch aufgehoben. Ein Widerspruchsrecht kann auch in den künftig zu ertheilenden Concessionen nicht weiter verliehen werden.**)

Art. 42. Gleichlautend mit Art. 39. des Entwurfs.

---

*) und mit dem Expropriationsrechte ausgestattet, Amendement Michaelis.
**) Die gesetzlichen Bestimmungen ꝛc. Amendt Michaelis.

Der Entwurf.

Art. 40. Es sollen demnächst mit thunlichster Beschleunigung gleiche Betriebseinrichtungen getroffen, insbesondere gleiche Bahn-Polizei- und Betriebs-Reglements für Personen- und Gütertransport eingeführt werden. Der Bund hat dafür Sorge zu tragen, daß die Eisenbahn-Verwaltungen die Bahnen jederzeit in einem die nöthige Sicherheit gewährenden baulichen Zustande erhalten und dieselben mit Betriebsmaterial so ausrüsten, wie das Verkehrsbedürfniß es erheischt.

Art. 41. Die Eisenbahn-Verwaltungen sind verpflichtet, die nöthigen Personen- und Güterzüge mit entsprechender Fahrgeschwindigkeit einzuführen, auch directe Expeditionen im Personen- und Güterverkehr, unter Gestattung des Ueberganges der Transportmittel von einer Bahn auf die andere, gegen die übliche Vergütung einzurichten.

Die angenommene Verfassung.

Art. 43. Es sollen demgemäß in thunlichster Beschleunigung übereinstimmende Betriebeinrichtungen getroffen, insbesondere gleiche Bahn-Polizei-Reglements eingeführt werden. Der Bund hat dafür Sorge zu tragen, daß die Eisenbahn-Verwaltungen die Bahnen jederzeit in einem die nöthige Sicherheit gewährenden baulichen Zustande erhalten und dieselben mit Betriebsmaterial so ausrüsten, wie das Verkehrs-Bedürfniß es erheischt.*)

Art. 44. Die Eisenbahn-Verwaltungen sind verpflichtet, die für den durchgehenden Verkehr und zur Herstellung ineinander greifender Fahrpläne nöthigen Personenzüge mit entsprechender Fahrgeschwindigkeit, desgleichen die zur Bewältigung des Güterverkehrs nöthigen Güterzüge einzuführen, auch directe Expeditionen im Personen- und Güterverkehr, unter Gestattung des Ueberganges der Transportmittel von einer Bahn auf die andere, gegen die übliche Vergütung einzurichten.**)

---

*) in (statt „mit"), übereinstimmende (statt „gleiche", Bahn-Polizei-Reglements (statt „Bahn-Polizei- und Betriebs-Reglements"). Amendement Michaelis.

**) die für den durchgehenden Verkehr ꝛc. und desgleichen die zur Bewältigung ꝛc. Amendement Michaelis.

Der Entwurf.

Art. 42. Dem Bunde steht die Controle der Tarife zu. Er wird dieselbe ausüben zu dem Zwecke, die Gleichmäßigkeit und möglichste Herabsetzung derselben zu erreichen, insbesondere für den Transport von Kohlen, Coaks, Holz, Erzen, Steinen, Salz, Roheisen, Düngungsmitteln und ähnlichen Gegenständen einen dem Bedürfnissen der Landwirthschaft und der Industrie entsprechenden ermäßigten Tarif für größere Entfernungen und schließlich den Ein-Pfennig-Tarif für Centner und Meile im ganzen Bundesgebiete einzuführen.

Art. 43. Bei eintretenden Nothständen, insbesondere bei ungewöhnlicher Theuerung der Lebensmittel, sind die Eisenbahn-Verwaltungen verpflichtet, für den Transport namentlich von Getreide, Mehl, Hülsenfrüchten und Kartoffeln zeitweise einen dem Bedürfnisse entsprechenden, von dem Bundes-Präsidium auf Vorschlag des betreffenden Bundesraths-Ausschusses festzustellenden niedrigen Special-Tarif einzuführen.

Die angenommene Verfassung.

Art. 45. Dem Bunde steht die Controle über das Tarifwesen zu. Derselbe wird namentlich dahin wirken: 1) daß baldigst auf den Eisenbahnen im Gebiete des Bundes übereinstimmende Betriebs-Reglements eingeführt werden, 2) daß die möglichste Gleichmäßigkeit und Herabsetzung der Tarife erzielt, insbesondere, daß bei größeren Entfernungen für den Transport von Kohlen, Coaks, Holz, Erzen, Steinen, Salz, Roheisen, Düngungsmitteln und ähnlichen Gegenständen ein dem Bedürfnisse der Landwirthschaft und Industrie entsprechender ermäßigter Tarif und zwar zunächst thunlichst der Ein-Pfennig-Tarif eingeführt werde.*)

Art. 46. Bei eintretenden Nothständen, insbesondere bei ungewöhnlicher Theuerung der Lebensmittel, sind die Eisenbahn-Verwaltungen verpflichtet, für den Transport namentlich von Getreide, Mehl, Hülsenfrüchten und Kartoffeln zeitweise einen dem Bedürfnisse entsprechendem, von dem Bundes-Präsidium auf Vorschlag des be-

---

*) Amendement Michaelis und von Bincke (Hagen).

Der Entwurf.

Art. 44. Den Anforderungen der Bundesbehörden in Betreff der Benutzung der Eisenbahnen zum Zwecke der Vertheidigung des Bundesgebietes haben sämmtliche Eisenbahn-Verwaltungen unweigerlich Folge zu leisten. Insbesondere ist das Militair und alles Kriegsmaterial zu gleichen, ermäßigten Sätzen zu befördern.

VIII. Post- und Telegraphenwesen.

Art. 45. Das Postwesen und das Telegraphenwesen werden für das gesammte Gebiet des Norddeutschen Bundes als einheitliche Staats-Verkehrsanstalten eingerichtet und verwaltet. Die im Art. 4. vorgesehene Gesetzgebung des Bundes in Post- und Telegraphen-Angelegenheiten erstreckt sich nicht auf diejenigen Gegenstände, deren Regelung, nach den gegenwärtig in der preußischen Post- und Telegraphen-Verwaltung maßgebenden Grundsätzen der reglementarischen Festsetzung der administrativen Anordnung überlassen ist.

Art. 46. Die Einnahmen des Post- und Telegraphenwesens sind für den ganzen Bund gemeinschaftlich. Die Ausgaben werden aus den gemeinschaftlichen Einnahmen bestritten. Die Ueberschüsse fließen in die Bundescasse (Abschnitt XII.)

Art. 47. Dem Bundes-Präsidium gehört die obere Leitung der Post- und Telegraphen-Verwaltung an. Dasselbe hat die Pflicht und das Recht, dafür zu sorgen, daß Einheit in der Organisation

Die angenommene Verfassung.

treffenden Bundesraths-Ausschusses festzustellenden niedrigen Special-Tarif einzuführen, welcher jedoch nicht unter den niedrigsten auf der betreffenden Bahn für Rohprodukte geltenden Satz herabgehen darf.*)

Art. 47. Gleichlautend mit Art. 44. des Entwurfs.

VIII. Post- und Telegraphenwesen.

Art. 48. Gleichlautend mit Art. 45. des Entwurfs.
Art. 49. Gleichlautend mit Art. 46. des Entwurfs.
Art. 50. Gleichlautend mit Art. 47. des Entwurfs.

*) welcher jedoch nicht ꝛc. Amendement Michaelis.

Der Entwurf.

der Verwaltung und im Betriebe des Dienstes so wie in der Qualification der Beamten hergestellt und erhalten wird. Das Präsidium
hat für den Erlaß der reglementarischen Festsetzungen und allgemeinen administrativen Anordnungen, so wie für die ausschließliche
Wahrnehmung der Beziehungen zu anderen deutschen oder außerdeutschen Post- und Telegraphen-Verwaltung Sorge zu tragen.
Sämmtliche Beamte der Post- und Telegraphen-Verwaltung sind
verpflichtet, den Anordnungen des Bundes-Präsidiums Folge zu
leisten. Diese Verpflichtung ist in den Diensteid aufzunehmen. Die
Anstellung der bei den Verwaltungsbehörden der Post und Telegraphie in den verschiedenen Bezirken erforderlichen oberen Beamten
(z. B. der Directoren, Räthe, Ober-Inspectoren), ferner die Anstellung
der zur Wahrnehmung des Aufsichts- u. s. w. Dienstes in den einzelnen Bezirken als Organe der erwähnten Behörden fungirenden
Post- und Telegraphen-Beamten (z. B. Inspectoren, Controleure)
geht für das ganze Gebiet des Norddeutschen Bundes von dem Präsidium aus, welchem diese Beamten den Diensteid leisten. Den einzelnen Landesregierungen wird von den in Rede stehenden Ernennungen, soweit dieselben ihre Gebiete betreffen, Behufs der landesherrlichen Bestätigung und Publication rechtzeitig Mittheilung ge-
macht werden. Die anderen bei den Verwaltungsbehörden der Post
und Telegraphie erforderlichen Beamten so wie alle für den localen
und technischen Betrieb bestimmten, mithin bei den eigentlichen Be-
triebsstellen fungirenden Beamten u. s. w. werden von den betreffenden Landesregierungen angestellt. Wo eine selbstständige Landes-
Post- resp. Telegraphen-Verwaltung nicht besteht, entscheiden die
Bestimmungen der besonderen Verträge.

Art. 48. Zur Beseitigung der Zersplitterung des Post- und
Telegraphenwesens in den Hansestädten wird die Verwaltung und
der Betrieb der verschiedenen dort befindlichen staatlichen Post- und
Telegraphen-Anstalten nach näherer Anordnung des Bundes-Präsidiums, welches den Senaten Gelegenheit zur Aeußerung ihrer hier-
auf bezüglichen Wünsche geben wird, vereinigt. Hinsichtlich der dort

---

Die angenommene Verfassung.

Art. 51. Gleichlautend mit Art. 48. des Entwurfs.

Der Entwurf.

befindlichen deutschen Anstalten ist diese Vereinigung sofort auszuführen. Mit den außerdeutschen Regierungen, welche in den Hansestädten noch Postrechte besitzen oder ausüben, werden die zu dem vorstehenden Zwecke nöthigen Vereinbarungen getroffen werden.

Art. 49. Bei Ueberweisung des Ueberschusses der Postverwaltung für allgemeine Bundeszwecke (Art. 46.) soll, in Betracht der bisherigen Verschiedenheit der von den Landes-Postverwaltungen der einzelnen Gebiete erzielten Rein-Einnahmen, zum Zwecke einer entsprechenden Ausgleichung während der unten festgesetzten Uebergangszeit folgendes Verfahren beobachtet werden. Aus den Post-Ueberschüssen, welche in den einzelnen Postbezirken während der fünf Jahren 1861 bis 1865 aufgekommen sind, wird ein durchschnittlicher Jahres-Ueberschuß berechnet und der Antheil, welchen jeder einzelne Postbezirk an dem für das gesammte Gebiet des Norddeutschen Bundes sich danach herausstellenden Post-Ueberschusse gehabt hat, nach Procenten festgestellt. Nach Maßgabe des auf diese Weise festgestellten Verhältnisses werden aus den im Bunde aufkommenden Post-Ueberschüssen während der nächsten acht Jahre den einzelnen Staaten die sich für dieselben ergebenden Quoten auf ihre sonstigen Beiträge zu Bundeszwecken zu Gute gerechnet. Nach Ablauf der acht Jahre hört jene Unterscheidung auf, und fließen die Post-Ueberschüsse in ungetheilter Aufrechnung nach dem in Art. 46. enthaltenen Grundsatze der Bundescasse zu. Von der während der vorgedachten acht Jahre für die Hansestädte sich herausstellende Quote des Post-Ueberschusses wird alljährlich vorweg die Hälfte dem Bundes-Präsidium zur Disposition gestellt zu dem Zwecke, daraus zunächst die Kosten für die Herstellung normaler Posteinrichtungen in den Hansestädten zu bestreiten.

IX. Marine und Schifffahrt.

Art. 50. Die Kriegs-Marine der Nord- und Ostsee ist eine einheitliche unter preußischem Oberbefehl. Die Organisation und

Die angenommene Verfassung.

Art. 52. Gleichlautend mit Art. 49. des Entwurfs (unter Hinweisung auf Art. 49. anstatt auf Art. 46).

Der Entwurf.

Zusammensetzung derselben liegt Sr. Majestät dem Könige von Preußen ob, welcher die Officiere und Beamten der Marine ernennt und für welchen dieselben nebst den Mannschaften eiblich in Pflicht zu nehmen sind. Der Kieler Hafen und der Jadehafen sind Bundes-Kriegshäfen. Als Maßstab der Beiträge zur Gründung und Erhaltung der Kriegsflotte und der damit zusammenhängenden Anstalten dient die Bevölkerung. Ein Etat für die Bundes-Marine wird nach diesem Grundsatze mit dem Reichstage vereinbart. Die gesammte seemännische Bevölkerung des Bundes, einschließlich des Maschinen-Personals und der Schiffs-Handwerker, ist vom Dienste im Landheere befreit, dagegen zum Dienste in der Bundes-Marine verpflichtet. Die Vertheilung des Ersatzbedarfs findet nach Maßgabe der vorhandenen seemännischen Bevölkerung statt, und die hiernach von jedem Staate gestellte Quote kommt auf die Gestellung zum Landheere in Abrechnung.

Die angenommene Verfassung.

IX. Marine und Schifffahrt.

Art. 53. Die Bundes-Kriegsmarine[*) ist eine einheitliche unter preußischem Oberbefehl. Die Organisation und Zusammensetzung derselben liegt Sr. Majestät dem Könige von Preußen ob, welcher die Officiere und Beamten der Marine ernennt und für welchen dieselben nebst den Mannschaften eiblich in Pflicht zu nehmen sind. Der Kieler Hafen und der Jadehafen sind Bundeskriegshäfen. Der zur Gründung und Erhaltung der Kriegsflotte und der damit zusammenhängenden Anstalten erforderliche Aufwand wird aus der Bundeskasse bestritten.[**) Die gesammte seemännische Bevölkerung des Bundes, einschließlich des Maschinen-Personals und der Schiffs-Handwerker, ist vom Dienste im Landheere befreit, dagegen zum Dienste in der Bundes-Marine verpflichtet. Die Vertheilung des Ersatzbedarfes findet nach Maßgabe der vorhandenen Bevölkerung statt, und die hiernach von jedem Staate gestellte Quote kommt auf die Gestellung zum Landheere in Abrechnung.

[*) Die Bundes-Kriegsmarine, Amendement Schleiden.
[**) Der zur Gründung und Erhaltung ꝛc. und Streichung der Sätze des Entwurfs: „Als Maßstab der Beiträge zur Gründung" bis „mit dem Reichstage vereinbart." Amendement von Bincke (Olbendorf).

Der Entwurf.

Art. 51. Die Kauffahrteischiffe aller Bundesstaaten bilden eine einheitliche Handels-Marine. Die Kauffahrteischiffe sämmtlicher Bundesstaaten führen dieselbe Flagge, schwarz-weiß-roth. Der Bund hat das Verfahren zur Ermittelung der Ladungsfähigkeit der Seeschiffe zu bestimmen, die Ausstellung der Meßbriefe so wie der Schiffs-Certificate zu regeln und die Bedingungen festzustellen, von welchen die Erlaubniß zur Führung eines Seeschiffes abhängig ist. In den Seehäfen und auf allen natürlichen und künstlichen Wasserstraßen der einzelnen Bundesstaaten werden die Kauffahrtei-schiffe sämmtlicher Bundesstaaten gleichmäßig zugelassen und be-handelt. Die Abgaben, welche in den Seehäfen von den Seeschiffen oder deren Ladungen für die Benutzung der Schifffahrts-Anstalten erhoben werden, dürfen die zur Unterhaltnng und gewöhnlichen Her-stellung dieser Anstalten erforderlichen Kosten nicht übersteigen. Auf allen natürlichen Wasserstraßen dürfen Abgaben nur für die Benutz-ung besonderer Anstalten, die zur Erleichterung des Verkehrs be-stimmt sind, erhoben werden. Diese Abgaben, so wie die Abgaben für die Befahrung solcher künstlicher Wasserstraßeu, welchc Staats-eigenthum sind, dürfen die zur Unterhaltung und gewöhnlichen Her-stellung der Anstalten und Anlagen erforderlichen Kosten nicht über-steigen. Auf die Flößerei finden diese Bestimmungen in so weit Anwendung, als dieselbe auf schiffbaren Wasserstraßen betrieben wird. Auf fremde Schiffe oder deren Ladungen andere oder höhere Abgaben zu legen, als von den Schiffen der Bundesstaaten oder deren Ladungen zu entrichten sind, steht keinem Einzelstaate, sondern nur dem Bunde zu.

Die angenommene Verfassung.

Art. 54. Die Kauffahrteischiffe aller Bundesstaaten bilden eine einheitliche Handels-Marine. Der Bund hat das Verfahren rc.... wie im Art. 51. des Entwurfs.*)

Art. 55. Die Flagge der Kriegs- und Handels-Ma-rine ist schwarz-weiß-roth.*)

---

*) Der Satz „die Kauffahrteischiffe sämmtlicher Bundesstaaten führen dieselbe Flagge schwarz-weiß-roth" im Art. 51. des Entwurfs ist gestrichen und dafür Art. 55 neu in die Verfassung aufgenommen. Amendement von Rabenau.

Der Entwurf.

X. Consulatwesen.

Art. 52. Das gesammte Norddeutsche Consulatwesen steht unter Aufsicht des Bundes-Präsidiums, welches die Consuln, nach Vernehmung des Ausschusses des Bundesraths für Handel und Verkehr, anstellt. In dem Amtsbezirk der Bundesconsuln dürfen neue Landesconsulate nicht errichtet werden. Die Bundesconsuln üben für die in ihrem Bezirk nicht vertretenen Bundesstaaten die Functionen eines Landconsuls aus. Die sämmtlichen bestehenden Landesconsulate werden aufgehoben, sobald die Organisation der Bundesconsulate dergestalt beendet ist, daß die Vertretung der Einzelinteressen aller Bundesstaaten als durch die Bundesconsulate gesichert von dem Bundesrathe anerkannt wird.

XI. Bundeskriegswesen.

Art. 53. Jeder Norddeutsche ist wehrpflichtig und kann sich in Ausübung dieser Pflicht nicht vertreten lassen.

Art. 54. Die Kosten und Lasten des gesammten Kriegswesens des Bundes sind von allen Bundesstaaten und ihren Angehörigen gleichmäßig zu tragen, so daß weder Bevorzugungen, noch Prägravationen einzelner Staaten oder Classen grundsätzlich zulässig sind. Wo die gleiche Vertheilung der Lasten sich in natura nicht herstellen läßt, ohne die öffentliche Wohlfahrt zu schädigen, ist die Ausgleichung nach den Grundsätzen der Gerechtigkeit im Wege der Gesetzgebung festzustellen.

Art. 55. Jeder wehrfähige Norddeutsche gehört sieben Jahre lang, in der Regel vom vollendeten 20. bis zum beginnenden

---

Die angenommene Verfassung.

X. Consulatwesen.

Art. 56. Gleichlautend mit Art. 52. des Entwurfs.

XI. Bundeskriegswesen.

Art. 57. Gleichlautend mit Art. 53. des Entwurfs.
Art. 58. Gleichlautend mit Art. 54. des Entwurfs.
Art. 59. Jeder wehrfähige Norddeutsche gehört sieben Jahre lang, in der Regel vom vollendeten 20. bis zum beginnenden

Der Entwurf.

28. Lebensjahre, dem stehenden Heere und die folgenden fünf Lebensjahre hindurch der Landwehr an. In denjenigen Bundes-staaten, in denen bisher eine längere als zwölfjährige Gesammt-dienstzeit gesetzlich war, findet die allmähliche Herabsetzung der Ver-pflichtung nur in dem Maße Statt, als dies die Rücksicht auf die Kriegsbereitschaft des Bundesheeres zuläßt.

Art. 56. Die Friedens-Präsenzstärke des Bundesheeres wird auf ein Procent der Bevölkerung von 1867 normirt und pro rata derselben von den einzelnen Bundesstaaten gestellt; bei wachsender Bevölkerung wird nach je zehn Jahren ein anderweitiger Procentsatz festgesetzt werden.

Die angenommene Verfassung.

28. Lebensjahre dem stehenden Heere — und zwar die ersten drei Jahre bei den Fahnen, die letzten vier Jahre in der Reserve*) — und die folgenden fünf Lebensjahre der Landwehr an. In denjenigen Bundesstaaten, in denen bisher eine längere als zwölfjährige Gesammtdienstzeit gesetzlich war, findet die allmähliche Herabsetzung der Verpflichtung nur in dem Maße Statt, als dies die Rücksicht auf die Rücksicht auf die Kriegsbereitschaft des Bundes-heeres zuläßt. In Bezug auf die Auswanderung der Re-servisten sollen lediglich diejenigen Bestimmungen maßgebend sein, welche für die Auswanderung der Landwehrmänner gelten.**)

Art. 60. Die Friedens-Präsenzstärke des Bundesheeres wird bis zum 31. December 1871***) auf ein Procent der Bevöl-kerung von 1867 normirt und wird pro rata derselben von den einzelnen Bundesstaaten gestellt. Für die spätere Zeit wird die Friedens-Präsenzstärke des Heeres im Wege der Bundesgesetzgebung festgestellt.†)

---

*) und zwar die ersten drei Jahre bei den Fahnen, die letzten vier Jahre in der Reserve. Amendement von Vincke (Olbendorf).
**) In Bezug auf die Auswanderung der Reservisten 2c. Amendt. von Forckenbeck.
***) bis zum 31. December 1871. Amendt. von Forckenbeck.
†) Für die spätere Zeit 2c. Amendt. von Forckenbeck.

Der Entwurf.

Art. 57. Nach Publication dieser Verfassung ist in dem ganzen Bundesgebiete die gesammte preußische Militär-Gesetzgebung ungesäumt einzuführen, sowohl die Gesetze selbst, als die zu ihrer Ausführung, Erläuterung oder Ergänzung erlassenen Reglements, Instructionen uud Rescripte, namentlich also das Militair-Strafgesetzbuch vom 3. April 1845, die Militair-Strafgerichtsordnung vom 3. April 1845, die Verordnung über die Ehrengerichte vom 20. Juli 1843, die Bestimmungen über Aushebung, Dienstzeit, Servis- und Verpflegungswesen, Einquartierung, Ersatz von Flurbeschädigungen, Mobilmachung u. s. w. für Krieg und Frieden. Die Militair-Kirchenordnung ist jedoch ausgeschlossen.

Art. 58. Zur Bestreitung des Aufwandes für das gesammte Bundesheer und die zu demselben gehörigen Einrichtungen sind dem Bundesfeldherrn jährlich so vielmal 225 Thaler, in Worten

---

Die angenommene Verfassung.

Art. 61. Nach Publication dieser Verfassung ist in dem ganzen Bundesgebiete die gesammte preußische Militär-Gesetzgebung ungesäumt einzuführen, sowohl die Gesetze selbst als die zu ihrer Ausführung, Erläuterung oder Ergänzung erlassenen Reglements, Instruction und Rescripte, namentlich also das Militair-Strafgesetzbuch vom 3. April 1845, die Militair-Strafgerichtsordnung vom 3. April 1845, die Verordnung über die Ehrengerichte vom 20. Juli 1843, die Bestimmungen über Aushebung, Dienstzeit, Servis- und Verpflegungswesen, Einquartirung, Ersatz von Flurbeschädigungen, Mobilmachung u. s. w. für Krieg und Frieden. Die Militair-Kirchenordnung ist jedoch ausgeschlossen. Nach gleichmäßiger Durchführung der Bundeskriegs-Organisation wird das Bundes-Präsidium ein umfassendes Bundesmilitärgesetz dem Reichstage und dem Bundesrathe zur verfassungsmäßigen Beschlußfassung vorlegen.*)

Art. 62. Zur Bestreitung des Aufwandes für das gesammte Bundesheer und die zu demselben gehörigen Einrichtungen sind bis zum 31. December 1871**) dem Bundesfeldherrn jährlich so

---

*) Nach gleichmäßiger Durchführung ꝛc. Amendt. von Forckenbeck.
**) bis zum 31. December 1871. Amendt. von Forckenbeck.

Der Entwurf.

zweihundert fünf und zwanzig Thaler, als die Kopfzahl der Friedensstärke des Heeres nach Art. 56. beträgt, zur Verfügung zu stellen.
Vergl. Abschnitt XII. Die Zahlung dieser Beiträge beginnt mit
dem ersten des Monats nach Publication der Bundesverfassung.

Art. 59. Die gesammte Landmacht des Bundes wird ein einheitliches Heer bilden, welches in Krieg und Frieden unter dem
Befehle Seiner Majestät des Königs von Preußen als Bundesfeldherrn steht. Die Regimenter 2c. führen fortlaufende Nummern
durch die ganze Bundesarmee. Für die Bekleidung sind die Grund-
farben und der Schnitt der königlich preußischen Armee maßgebend.
Dem betreffenden Contingentsherrn bleibt es überlassen, die äußeren
Abzeichen (Cocarden 2c.) zu bestimmen. Der Bundesfeldherr hat
die Pflicht und das Recht, dafür Sorge zu tragen, daß innerhalb
des Bundesheeres alle Truppentheile vollzählig und kriegstüchtig

Die angenommene Verfassung.

vielmal 225 Thaler, in Worten zweihundert fünf und zwanzig Thaler
als die Kopfzahl der Friedensstärke des Heeres nach Art. 61. beträgt,
zur Verfügung zu stellen. Vergl. Abschnitt XII. Die Zahlung
dieser Beiträge beginnt mit dem ersten des Monats nach Publication
der Bundesverfassung. Nach dem 31. December 1871 müssen diese Beiträge von den einzelnen Staaten des
Bundes zur Bundeskasse fortgezahlt werden. Zur
Berechnung derselben wird die im Art. 60. interimistisch
festgestellte Friedenspräsenzstärke so lange festge-
halten, bis sie durch ein Bundesgesetz abgeändert ist.
Die Verausgabung dieser Summe für das gesammte
Bundesheer und dessen Einrichtungen wird durch das
Etatsgesetz festgestellt. Bei der Feststellung des Mili-
tär-Ausgabe-Etats wird die auf Grundlage dieser
Verfassung gesetzlich feststehende Organisation des
Bundesheres zu Grunde gelegt.*)

Art. 63. Gleichlautend mit Art. 59. des Entwurfs.

---

*) Nach dem 31. Dec. 1871 müssen 2c. Amendemt. Herzog von Ujest und
von Benningsen, angenommen in der Schlußberathung.

Der Entwurf.

vorhanden find, und daß Einheit in der Organisation und For-
mation, in Bewaffnung und Commando, in der Ausbildung der
Mannschaften, so wie in der Qualification der Officiere hergestellt
und erhalten wird. Zu diesem Behufe ist der Bundesfeldherr
berechtigt, sich jederzeit durch Inspectionen von der Verfassung der
einzelnen Contignente zu überzeugen und die Abstellung der dabei
vorgefundenen Mängel anzuordnen. Der Bundesfeldherr bestimmt
den Präsenzstand, die Gliederung und Eintheilung der Contingente
der Bundesarmee, so wie die Organisation der Landwehr, und hat
das Recht, innerhalb des Bundesgebietes die Garnisonen zu bestimmen, so wie die kriegsbereite Aufstellung eines jeden Theiles
der Bundesarmee anzuordnen. Behufs Erhaltung der unentbehr-
lichen Einheit in der Administration, Verpflegung, Bewaffnung und
Ausrüstung aller Truppentheile des Bundesheeres sind die bezüglichen künftig ergehenden Anordnungen für die preußische Armee den
Commandeuren der übrigen Bundes-Contingente, durch den Art. 8.
Nr. 1. bezeichneten Ausschuß für das Landheer und die Festungen,
zur Nachachtung in geeigneter Weise mitzutheilen.

Art. 60. Alle Bundestruppen sind verpflichtet, den Befehlen
des Bundesfeldherrn unbedingte Folge zu leisten. Diese Ver-
pflichtung ist in den Fahneneid aufzunehmen. Der Höchstcom-
mandirende eines Contingents, sowie alle Officiere, welche Truppen
mehr als eines Contingents befehligen, und alle Festungs-Com-
mandanten werden von dem Bundesfeldherrn ernannt. Die von
demselben ernannten Officiere leisten ihm den Fahneneid. Bei
Generalen und den General-Stellungen versehenden Officieren innerhalb des Bundes-Contingents ist die Ernennung von der jedes-
maligen Zustimmung des Bundesfeldherrn abhängig zu machen.
Der Bundesfeldherr ist berechtigt, Behufs Versetzung mit oder ohne
Beförderung für die von ihm im Bundesdienste, sei es im preußischen
Heere oder in anderen Contingenten, zu besetzenden Stellen aus den
Officieren aller Contingente des Bundesheeres zu wählen.

Die angenommene Verfassung.

Art. 64. Gleichlautend mit Art. 60. des Entwurfs.

Der Entwurf.

Art. 61. Das Recht, Festungen innerhalb des Bundesgebietes anzulegen, steht dem Bundesfeldherrn zu, welcher die Bewilligung der dazu erforderlichen Mittel, soweit das Ordinarium sie nicht gewährt, nach Abschnitt XII. beantragt.

Art. 62. Wo nicht besondere Conventionen ein Anderes bestimmen, ernennen die Bundesfürsten, beziehentlich die Senate, die Officiere ihrer Contingente, mit der Einschränkung des Art. 60. Sie sind Chefs aller ihren Gebieten angehörenden Truppentheile und genießen die damit verbundenen Ehren. Sie haben namentlich das Recht der Inspicirung zu jeder Zeit und erhalten, außer den regelmäßigen Rapporten und Meldungen über vorkommende Veränderungen, Behufs der nöthigen landesherrlichen Publication, rechtzeitige Mittheilungen von den die betreffenden Truppentheile berührenden Avancements und Ernennungen. Auch steht ihnen das Recht zu, zu polizeilichen Zwecken nicht bloß ihre eigenen Truppen zu verwenden, sondern auch alle anderen Truppentheile der Bundesarmee, welche in ihren Ländergebieten dislocirt sind, zu requiriren.

Art. 63. Ersparnisse an dem Militair-Etat fallen unter keinen Umständen einer einzelnen Regierung, sondern jederzeit der Bundescasse zu.

Art. 64. Der Bundesfeldherr kann, wenn die öffentliche Sicherheit in dem Bundesgebiete bedroht ist, einen jeden Theil desselben in Kriegszustand erklären. Bis zum Erlasse eines die Voraussetzungen, die Form der Verkündigung und die Wirkungen einer solcher Erklärung regelnden Bundesgesetzes gelten dafür die Vorschriften des preußischen Gesetzes vom 10. Mai 1849. (Ges.-Samml. 1849, S. 165 bis 171.)

Die angenommene Verfassung.

Art. 65. Gleichlautend mit Art. 61. des Entwurfs.

Art. 66. Gleichlautend mit Art. 62. des Entwurfs (unter Hinweis auf Art. 64. anstatt auf Art. 60.)

Art. 67. Gleichlautend mit Art. 63. des Entwurfs.

Art. 68. Gleichlautend mit Art. 64. des Entwurfs.

Der Entwurf.

XII. Bundes-Finanzen.

Art. 65. Abgesehen von dem durch Art. 58. bestimmten Aufwande für das Bundesheer und die zu demselben gehörigen Einrichtungen, sowie von dem Aufwande für die Marine (Art. 50.) werden die gemeinschaftlichen Ausgaben im Wege der Bundesgesetzgebung und, sofern sie nicht eine nur einmalige Aufwendung betreffen, für die Dauer der Legislatur-Periode festgestellt.

Art. 66. Zur Bestreitung aller gemeinschaftlichen Ausgaben dienen zunächst die aus den Zöllen, den gemeinsamen Steuern und dem Post- und Telegraphenwesen fließenden gemeinschaftlichen Einnahmen. Insoweit dieselben durch diese Einnahmen nicht gedeckt werden, sind sie durch Beiträge der einzelnen Bundesstaaten nach Maßgabe ihrer Bevölkerung aufzubringen, welche von dem Präsidium nach dem Bedarfe ausgeschrieben werden.

Die angenommene Verfassung.

XII. Bundes-Finanzen.

Art. 69. Alle Einnahmen und Ausgaben des Bundes müssen für jedes Jahr veranschlagt und auf den Bundeshaushaltsetat gebracht werden. Letzterer wird vor Beginn des Etatsjahres nach folgenden Grundsätzen durch ein Gesetz festgestellt.*)

Art. 70. Zur Bestreitung aller gemeinschaftlichen Ausgaben dienen zunächst die etwaigen Ueberschüsse der Vorjahre sowie die aus den Zöllen, den gemeinschaftlichen Verbrauchssteuern*) und aus dem Post- und Telegraphenwesen fließenden gemeinschaftlichen Einnahmen. Insoweit dieselben durch diese Einnahmen nicht gedeckt werden, sind sie, so lange Bundessteuern nicht eingeführt sind**), durch Beiträge der einzelnen Bundesstaaten nach Maßgabe ihrer Bevölkerung aufzubringen, welche bis zur Höhe des budgetmäßigen Betrags***) durch das Präsidium ausgeschrieben werden.

---

*) Amendement Miquel. **) Amendement Miquel.
***) bis zur Höhe des budgetmäßigen Betrags, Amendement Graf zu Stolberg, angenommen in der Schlußberathung.

Der Entwurf.

Art. 67. Ueber die Verwendung der gemeinschaftlichen Einnahmen und der Beiträge der Einzelstaaten ist von dem Präsidium dem Bundesrathe und dem Reichstage Rechnung zu legen.

XIII. Schlichtung von Streitigkeiten und Strafbestimmungen.

Art. 68. Jedes Unternehmen gegen die Existenz, die Integrität, die Sicherheit oder die Verfassung des Norddeutschen Bundes, die Erregung von Haß oder Verachtung gegen die Einrichtungen des Bundes oder die Anordnungen der Bundesbehörden

---

Die angenommene Verfassung.

Art. 71. Die gemeinschaftlichen Ausgaben werden in der Regel für ein Jahr bewilligt, können jedoch in besonderen Fällen auch für eine längere Dauer bewilligt werden. Während der im Art. 60. normirten Uebergangszeit ist der nach Titeln geordnete Etat über die Ausgaben für das Bundesheer dem Bundesrath und dem Reichstage nur zur Kenntnißnahme und zur Erinnerung vorzulegen.*)

Art. 72. Ueber die Verwendung aller Einnahmen des Bundes ist von dem Präsidium dem Bundesrathe und dem Reichstage zur Entlastung jährliche Rechnung zu legen.**)

Art. 73. In Fällen eines außerordentlichen Bedürfnisses können im Wege der Bundesgesetzgebung die Aufnahme einer Anleihe, sowie die Uebernahme einer Garantie zu Lasten des Bundes erfolgen.***)

XIII. Schlichtung von Streitigkeiten und Strafbestimmungen.

Art. 74. Jedes Unternehmen gegen die Existenz, die Integrität, die Sicherheit oder die Verfassung des Norddeutschen Bundes †), sowie die Beleidigung des Bundesrathes, des Reichstages zc. wie in Art. 68. des Entwurfs.

---

*) Art. 71. ist neu. Amendt. **Graf zu Stolberg**, angenommen in der Schlußberathung. **) Amendt. **Miquel.** ***) Art. 73 ist neu. Amendt. **Miquel.**
†) Die Worte „die Erregung von Haß und Verachtung gegen die Einrichtungen des Bundes oder die Anordnungen der Bundesbehörden durch öffentliche Behauptung oder Verbreitung erdichteter oder entstellter Thatsachen oder durch öffentliche Schmähungen oder Verhöhnungen" im Art. 68. des Entwurfs sind gestrichen. Amendt. **Twesten.**

Der Entwurf.

durch öffentliche Behauptung oder Verbreitung erdichteter oder entstellter Thatsachen oder durch öffentliche Schmähungen oder Verhöhnungen, endlich die Beleidigung des Bundesrathes, des Reichstages, eines Mitgliedes des Bundesrathes oder des Reichstages, einer Behörde oder eines öffentlichen Beamten des Bundes, während dieselben in der Ausübung ihres Berufes begriffen sind oder in Beziehung auf ihren Beruf, durch Wort, Schrift, Druck, Zeichen, bildliche oder andere Darstellung, werden in den einzelnen Bundesstaaten beurtheilt und bestraft nach Maßgabe der in den letzteren bestehenden oder künftig in Wirksamkeit tretenden Gesetze, nach welchen eine gleiche gegen den einzelnen Bundesstaat, seine Verfassung, Einrichtungen und Anordnungen, seine Kammern oder Stände, seine Kammer- oder Stände-Mitglieder, seine Behörden und Beamten begangene Handlung zu richten wäre.

Art. 69. Für diejenigen in Art. 68. bezeichneten Unternehmungen gegen den Norddeutschen Bund, welche, wenn gegen einen der einzelnen Bundesstaaten gerichtet, als Hochverrath oder Landesverrath zu qualificiren wären, ist das gemeinschaftliche Ober-Apellationsgericht der drei freien und Hansestädte in Lübeck die zuständige Spruchbehörde in erster und letzter Instanz.

Die angenommene Verfassung.

Art. 75. Für diejenigen in Art. 74. bezeichneten Unternehmungen gegen den Norddeutschen Bund, welche, wenn gegen einen der einzelnen Bundesstaaten gerichtet, als Hochverrath oder Landesrerrath zu qualificiren wären, ist das gemeinschaftliche Ober-Appellationsgericht der drei freien und Hansestädte in Lübeck die zuständige Spruchbehörde in erster und letzter Instanz. Die nähern Bestimmungen über die Zuständigkeit und das Verfahren des Ober-Appellationsgerichts erfolgen im Wege der Bundesgesetzgebung. Bis zum Erlasse eines Bundesgesetzes bewendet es bei der zeitherigen Zuständigkeit der Gerichte in den einzelnen Bundesstaaten und den auf das Verfahren dieser Gerichte bestehenden Bestimmungen*)

---

*) Die näheren Bestimmungen zc. Amendt. Schwarze.

Der Entwurf.

Art. 70. Streitigkeiten zwischen verschiedenen Bundesstaaten, sofern dieselben nicht privatrechtlicher Natur und daher von den competenten Gerichtsbehörden zu entscheiden sind, werden auf Anrufen des einen Theils von dem Bundesrathe erledigt. Verfassungsstreitigkeiten in solchen Bundesstaaten, in deren Verfassung nicht eine Behörde zur Entscheidung solcher Streitigkn bestimmt ist, hat auf Anrufen eines Theiles der Bundesrath gütlich auszugleichen oder, wenn das nicht gelingt, im Wege der Bundesgesetzgebung zur Erledigung zu bringen.

Die angenommene Verfassung.

Art. 76. Gleichlautend mit Art. 70. des Entwurfs.

Art. 77. Wenn in einem Bundesstaate der Fall einer Justizverweigerung eintritt und auf gesetzlichen Wegen ausreichende Hilfe nicht erlangt werden kann, so liegt dem Bundesrathe ob, erwiesene und nach der Verfassung und den bestehenden Gesetzen des betreffenden Bundesstaates zu beurtheilende Beschwerden über verweigerte oder gehemmte Rechtspflege anzunehmen um darauf die gerichtliche Hilfe bei der Bundesregierung, die zu der Beschwerde Anlaß gegeben hat, zu bewirken*)

XIV. Veränderungen der Verfassung.

Art. 78. Veränderungen der Verfassung erfolgen im Wege der Gesetzgebung, jedoch ist zu denselben im Bundesrathe eine Mehrheit von zwei Dritteln der vertretenen Stimmen erforderlich.**)

XV. Verhältniß zu den süddeutschen Staaten.

Art. 79. Die Beziehungen des Bundes zu den süddeutschen Staaten werden sofort nach Feststellung der Verfassung des norddeutschen Bundes durch besondere dem Reichstage zur Genehmigung vorzulegende Verträge geregelt werden. Der Eintritt

---

*) Art. 77. ist neu. Amendement **Wiggers** (Rostock).
) Art. 78. ist neu. Amendement **Lasker zu Art. 7. Vgl. Seite 11.

Der Entwurf.

XIV. Verhältniß zu den süddeutschen Staaten.

Art. 71. Die Beziehungen des Bundes zu den süddeutschen Staaten werden sofort nach Feststellung der Verfassung des Norddeutschen Bundes durch besondere dem Reichstage zur Genehmigung vorzulegende Verträge geregelt werden.

Die angenommene Verfassung.

der süddeutschen Staaten oder eines derselben in den Bund erfolgt auf den Vorschlag des Bundespräsidiums im Wege der Bundesgesetzgebung.*)

---

*) Der Eintritt der süddeutschen Staaten ꝛc. Amendement **Lasker** und **Miquel.**

Die Verfassung des Norddeutschen Bundes, wie sie aus der Schlußberathung hervorgegangen, wurde in der 34. Sitzung des Reichstages, Dienstag, 16. April 1867, bei namentlicher Abstimmung mit 230 gegen 53 Stimmen angenommen.

In der 35. Sitzung, Mittwoch, 17. April 1867, erklärte der Präsident der Bundescommissarien, Graf von Bismarck-Schönhausen auf Grund der Machtvollkommenheit, welche die verbündeten Regierungen Seiner Majestät dem König von Preußen übertragen, und auf Grund der Vollmacht, welche Seine Majestät ihm ertheilt habe, die Verfassung des Norddeutschen Bundes für angenommen durch die zum Norddeutschen Bunde verbündeten Regierungen. Der Schluß des Reichstages erfolgte am nämlichen Tage durch eine vom König Wilhelm von Preußen persönlich gehaltene Thronrede, in welcher Seine Majestät die Verfassung als ein Werk bezeichnete, dessen weitere Entwickelung mit Zuversicht der Zukunft überlassen werden könne.

Anhang.

I. Wahlgesetz für den Reichstag des Norddeutschen Bundes:

Wir Wilhelm, von Gottes Gnaden König von Preußen ꝛc., verordnen mit Zustimmung der beiden Häuser des Landtags der Monarchie, was folgt:

§. 1. Zur Berathung der Verfassung und der Einrichtungen des Norddeutschen Bundes soll ein Reichstag gewählt werden.

§. 2. Wähler ist jeder unbescholtene Staatsbürger eines der zum Bunde zusammentretenden deutschen Staaten, welcher das 25. Lebensjahr zurückgelegt hat.

§. 3. Von der Berechtigung zum Wählen sind ausgeschlossen: 1) Personen, welche unter Vormundschaft und Kuratel stehen; 2) Personen, über deren Vermögen Konkurs- oder Fallitzustand gerichtlich eröffnet worden ist, und zwar während der Dauer dieses Konkurs- oder Fallitverfahrens; 3) Personen, welche eine Armenunterstützung aus öffentlichen oder Gemeinde-Mitteln beziehen oder im letzten der vorhergegangenen Jahre bezogen haben.

§. 4. Als bescholten, also von der Berechtigung zum Wählen ausgeschlossen, sollen angesehen werden: Personen, denen durch rechtskräftiges Erkenntniß der Vollgenuß der staatsbürgerlichen Rechte entzogen ist, sofern sie in diese Rechte nicht wieder eingesetzt worden sind.

§. 5. Wählbar zum Abgeordneten ist jeder Wahlberechtigte, der einem zum Bunde gehörigen Staate seit mindestens drei Jahren angehört hat. Verbüßte oder durch Begnadigung erlassene Strafen wegen politischer Verbrechen schließen von der Wahl nicht aus.

§. 6. Personen, die ein öffentliches Amt bekleiden, bedürfen zum Eintritt in den Reichstag keines Urlaubs.

§. 7. Auf durchschnittlich 100,000 Seelen der nach der letzten Volkszählung vorhandenen Bevölkerung ist Ein Abgeordneter zu wählen. Ein Ueberschuß von wenigstens 50,000 Seelen der Gesammtbevölkerung des Staates wird vollen 100,000 Seelen gleich gerechnet. Jeder Abgeordnete ist in einem besondern Wahlkreise zu wählen.

§. 8. Die Wahlkreise werden zum Zwecke des Stimmabgebens in kleinere Bezirke eingetheilt.

§. 9. Wer das Wahlrecht in einem Wahlbezirke ausüben will, muß in demselben zur Zeit der Wahl seinen Wohnsitz haben. Jeder darf nur an Einem Orte wählen.

§. 10. In jedem Bezirke sind zum Zwecke der Wahlen Listen anzulegen, in welche die zum Wählen Berechtigten nach Zu- und Vornamen, Alter, Gewerbe und Wohnort eingetragen werden. Diese Listen sind spätestens vier Wochen vor dem zur ordentlichen Wahl bestimmten Tage zu Jedermanns Einsicht auszulegen, und ist dies öffentlich bekannt zu machen. Einsprachen gegen die Listen sind binnen acht Tagen nach öffentlicher Bekanntmachung bei der Behörde, welche die Bekanntmachung erlassen hat, anzubringen, und innerhalb der nächsten vierzehn Tage zu erledigen, worauf die Listen geschlossen werden. Nur diejenigen sind zur Theilnahme an der Wahl berechtigt, welche in die Listen aufgenommen sind.

§. 11. Die Wahlhandlung ist öffentlich ;bei derselben sind Gemeindemitglieder zuzuziehen, welche kein unmittelbares Staatsamt bekleiden. Das Wahlrecht wird in Person durch verdeckte, in eine Wahlurne niederzulegende Stimmzettel ohne Unterschrift ausgeübt.

§. 12. Die Wahl ist direct. Sie erfolgt durch absolute Stimmenmehrheit aller in einem Wahlkreise abgegebenen Stimmen. Stellt bei einer Wahl eine absolute Stimmenmehrheit sich nicht heraus, so ist nur unter den zwei Candidaten zu wählen, welche die meisten Stimmen erhalten haben. Bei Stimmengleichheit entscheidet das Loos.

§. 13. Stellvertreter der Abgeordneten sind nicht zu wählen.

§. 14. Die Wahlen sind im ganzen Umfange des Staates zu derselben Zeit vorzunehmen.

§. 15. Die Wahlkreise und Wahlbezirke, die Wahldirectoren und das Wahlverfahren, insoweit dieses nicht durch das gegenwärtige Gesetz festgestellt worden ist, werden von der Staatsregierung bestimmt.

§. 16. Der Reichstag prüft die Vollmachten seiner Mitglieder und entscheidet über deren Zulassung. Er regelt seine Geschäftsordnung und Disciplin.

§. 17. Kein Mitglied des Reichstages darf zu irgend einer Zeit wegen seiner Abstimmung oder wegen der in Ausübung seines Berufes gethanen Aeußerungen gerichtlich oder disciplinarisch verfolgt oder sonst außerhalb der Versammlung zur Verantwortung gezogen werden.

Urkundlich unter Unserer Höchsteigenhändigen Unterschrift und beigedrucktem Königlichen Insiegel.

Gegeben Schloß Babelsberg, den 15. October 1866.

(L. S.) **Wilhelm.**

Graf **Bismarck-Schönhausen.** Frhr. **von der Heydt.** von **Roon.** Graf **Itzenplitz.** von **Mühler.** Graf zur **Lippe.** von **Selchow.** Graf zu **Eulenburg.**

II. Erläuterungen einiger die Wehrverfassung des Norddeutschen Bundes betreffenden Artikel,

von dem Kriegsminister v o n R o o n dem Reichstag übersandt.

Zu den Artikeln 50. und 53. bis 58. des Entwurfs der Verfassung des Norddeutschen Bundes wird hierdurch bezüglich der beabsichtigten Einrichtungen des Bundesheeres folgendes bemerkt:

1. Nach der letzten Volkszählung und nach den über die Vermehrung der Bevölkerung gemachten Erfahrungen wird die Bevölkerung der Staaten des Norddeutschen Bundes zu 30 Millionen zu veranschlagen sein. Die nach Artikel 56. zu 1 Procent der Bevölkerung festgesetzte F r i e d e n s - P r ä s e n z - S t ä r k e des Bundes-

heeres stellt sich somit, excl. 13,000 Offiziere, auf circa 300,000 Mann incl. circa 39,000 Unteroffiziere.

2. Nach dieser Gesammtstärke wird, abgesehen von einigen besondern Formationen (wie beispielsweise die Unteroffiziersschulen, Feuerwerks-Abtheilung, die Landwehrstämme, die Invaliden 2c.), unter Anwendung der Formations-Grundsätze für die Preußische Armee und bei vollständiger Durchführung der dadurch motivirten Absichten, das Bundesheer bestehen aus dreizehn Armee-Korps, einschließlich des Preußischen Garde-Korps. — Jedes Armee-Korps umfaßt in der Friedensformation: 1 General-Kommando, 2 Divisions-Kommando's, 4 Infanterie-Brigade-Kommando's, 2 Kavallerie-Brigade-Kommando's, 1 Artillerie-Brigade-Kommando; 9 Infanterie-Regimenter à 3 Bataillone, jedes Regiment mit 57 Offiz. 1613 Mann, 1 Jäger-Bataillon mit 22 Offiz. 534 Mann, 6 Kavallerie-Regimenter à 5 Eskabrons mit je 28 Offiz. 712 Mann, unter Anrechnung der 2 beim Garde-Korps mehr vorhandenen Regimenter. 1 Feld-Artillerie-Regiment, Regimentsstab 10 Offiz. 53 Mann, 3 Fuß-Abtheilungsstäbe mit je 4 Offiz. 1 Mann, Stab einer reitenden Abtheilung 2 Offiz. 1 Mann, 12 Fuß-Batterien à 4 Offiz. 110 Mann, 4 reitende Batterien à 4 Offiz. 91 Mann. 1 Festungs-Artillerie-Regiment, Regimentsstab mit 7 Offiz. 71 Mann, 2 Abtheilungsstäbe à 3 Offiz. 1 Mann, 8 Festungs-Kompagnien à 4 Offiz. 100 Mann, 1 Pionier-Bataillon mit 18 Offiz. 503 Mann, 1 Train-Bataillon mit 12 Offiz. 227 Mann.

Anmerkung a. Beim Garde-Korps bestehen noch: 1 Kavallerie-Divisions-Kommando, 1 Kavallerie-Brigade-Kommando, 1 Garde-Schützen-Bataillon zu 22 Offiz. 534 Mann, 5 Garde-Infanterie-Regimenter haben den höhern Etat zu 69 Offiz. 2107 Mann, 2 Kavallerie-Regimenter mehr mit je 28 Offiz. 712 Mann, welche bei andern preußischen Armee-Korps in Anrechnung kommen. — b. Das Königreich Sachsen bildet für sich ein Armee-Korps, das 12. Bei diesem ist ein Jäger-Bataillon gegen die preußische Ordre de bataille mehr vorhanden. — c. Die übrigen Kontingente der norddeutschen Bundesstaaten werden, vorbehaltlich etwaiger aus den noch nicht stattgehabten Detailverhandlungen mit den einzelnen Regierungen sich ergebenden Modifikationen, bei den preußischen Armee-Korps wie folgt einzureihen sein und zwar: das Herzoglich Anhaltische beim vierten Armee-Korps (Sachsen), die Fürstlich Lippeschen unb das Waldeck'ſche beim ſiebenten Armee-Korps (Weſtfalen), die Großherzoglich Mecklenburgiſchen, das Großherzoglich Oldenburgi-ſche unb die Kontingente der Hanſeſtädte beim neunten Armee-Korps (Schleswig-Holſtein), ſowie das Herzoglich Braunſchweigiſche beim zehnten Armee-Korps (Hannover). Die Kontingente der Sächſiſchen Herzogthümer ꝛc. werden beim elften Armee-Korps (Heſſen-Naſſau) eingereiht. Das auf Oberheſſen fallende Kontingent bleibt im Ver-banbe der Großherzoglich Heſſiſchen Diviſion.

3. Zur Unterhaltung des Landesheeres werden für die ge-ſammte Kopfſtärke (excl. Offiziere unb Beamte) pro Mann 225 Tha-ler in Anſpruch genommen. Wenn den Regierungen der ehemaligen Reſerve-Infanterie-Diviſion des alten Bundesheeres für eine Reihe von Jahren Ermäßigungen an dem Satze von 225 Thlr. für ben Kopf bewilligt worden ſinb, ſo wird doch eine anberweite Deckung des hierdurch entſtehenden Ausfalls nicht beabſichtigt. Derſelbe be-bingt vielmehr nur, daß einzelne der vorgeſehenen Formationen, namentlich der Spezialwaffen, erſt bann ins Leben treten, ſobalb burch den Wegfall der in Rede ſtehenden Ermäßigungen die Mittel hierzu bisponibel ſein werden.

4. Die detaillirten Anſchläge zur Begründung des beanſpruch-ten Durchſchnitts-Verpflegungsſatzes werden zur Einſicht vorgelegt werden. Es wird jedoch ſchon jetzt bemerkt, wie die Erhöhung des Durchſchnitts-Verpflegungs-Betrages von 225 Thlr. gegen ben nach bem Etat für die preußiſche Armee pro 1867 ſich ergebenden Betrag von 213 Thlr. burch folgenbe in Ausſicht genommene Maßnahmen bebingt wird unb zwar hauptſächlich: 1) burch beſſere Verpflegung der Mannſchaften als ſeither unb 2) burch allgemeine Erhöhung ber Servis- unb Quartier-Entſchädigung, ferner 3) burch die nöthige Erhöhung der Gehälter einiger Offizier-Chargen ſämmtlicher Aerzte unb mehrer Beamten-Kategorien, zu welchen Zwecken jedoch nur ein verhältnißmäßig geringer Betrag erforderlich iſt.

5. Der vorbezeichnete Koſtenbeitrag für das Lanbheer von 225 Thlr. pro Kopf umfaßt nur das Orbinarium. Ein Pauſch-quantum für das Extraorbinarium kann der Natur der Sache gemäß zur Zeit nicht angegeben, wird vielmehr im Bedarfsfalle, auf Grunb ſpezieller Darlegung des Bebürfniſſes, beſonders beantragt werden.

6. Der jährliche Bedarf an Erſatzmannſchaften des Lanb-heeres unb der Marine wird zuſammengerechnet. Dieſe Summe

wird pro rata der Bevölkerung auf die einzelnen Bundesstaaten re-
partirt, der Art, daß diejenigen Landestheile, welche, der Beschäfti-
gung ihrer Bevölkerung entsprechend, zur Kompletirung der Marine
herangezogen werden, um soviel weniger für das Landheer zu ge-
stellen haben. Hierdurch wird die, wie vorstehend angegeben, auf
Ein Procent der Gesammtbevölkerung normirte Friedenspräsenz des
Bundes-Landheeres jedoch nicht alterirt, indem der durch die Gestellung von Mannschaften für die Marine Seitens der Küstenstaaten
entsprechende Ausfall am Landheere auf die Binnenstaaten übertragen
werden muß.

III. Die Bündniß-Verträge

zwischen Preußen einerseits und Baiern, resp. Würtemberg
und Baden andrerseits, lauten, mutatis mutandis, vollständig
übereinstimmend, wie folgt:

Se. Majestät der König von Preußeu und Se. Majestät der
König von Baiern (resp. Se. Majestät der König von Würtemberg,
Se. Königliche Hoheit der Großherzog von Baden), beseelt von dem
Wunsche, das künftige Verhältniß der Souveräne und Ihrer Staaten
möglichst innig zu gestalten, haben zu Bekräftigung des zwischen
Ihnen abgeschlossenen Friedensvertrages vom 22. August (resp. für
Würtemberg vom 13. August, für Baden am 17. August) 1866 be-
schlossen, weitere Verhandlung zu pflegen und haben mit dieser beauf-
tragt, und zwar Se. Majestät den König von Preußen, den 2c. Grafen
von Bismark-Schönhausen und den 2c. Herrn von Savigny; Se. Majestät der König von Baiern den 2c. Freiherrn
von der Pfordten und den 2c. Grafen Bray-Steinburg
(resp. Se. Majestät der König von Würtemberg den 2c. Freiherrn
Karl von Varnbüler und den Kriegsminister 2c. Oskär von
Harbegg, resp. Se. Königliche Hoheit der Großherzog von Baden
den 2c. Herrn von Freydorf).
Dieselben haben ihre Vollmachten ausgetauscht und haben sich,
nachdem diese in guter Ordnung befunden worden waren, über nach-
folgende Vertragsbestimmungen geeinigt:

Art. 1. Zwischen Sr. Majestät dem Könige von Preußen und Sr. Majestät dem Könige von Baiern (resp. Sr. Majestät dem König von Würtemberg, resp. Sr. Königlichen Hoheit dem Großherzoge von Baden) wird hiermit ein Schutz- und Trutzbündniß geschlossen. Es garantiren Sich die hohen Kontrahenten gegenseitig die Integrität des Gebietes Ihrer bezüglichen Länder und verpflichten Sich, im Falle eines Krieges Ihre volle Kriegsmacht zu diesem Zwecke einander zur Verfügung zu stellen.

Art. 2. Se. Majestät der König von Bayern (resp. Se. Majestät der König von Würtemberg, resp. Se. Königliche Hoheit der Großherzog von Baden) überträgt für diesen Fall den Oberbefehl über Seine Truppen Sr. Majestät dem König von Preußen.

Art. 3. Die hohen Kontrahenten verpflichten Sich, diesen Vertrag vorerst geheim zu halten.

Art. 4. Die Ratifikation des vorstehenden Vertrages erfolgt gleichzeitig mit der Ratifikation des unter dem heutigen Tage abgeschlossenen Friedensvertrages, also spätestens bis zum 3. k. Mts. (resp. für Würtemberg 21. August, für Baden 21. August).

Zu Urkund dessen haben die Eingangs genannten Bevollmächtigten diesen Vertrag in doppelter Ausfertigung am heutigen Tage mit ihrer Namensunterschrift und ihrem Siegel versehen.

So geschehen Berlin 22. August (resp. 13. und 17. August) 1866.

(L. S.) gez. **von Bismarck.**

(L. S.) gez. **von Savigny.**

      (L. S.) gez. **Freiherr von der Pfordten.**

      (L. S.) gez. **Graf von Bray-Steinburg.**

   resp. (L. S.) gez. **Varnbüler.**

      (L. S.) gez. **Hardegg.**

   resp. (L. S.) gez. **von Freydorf.**